あかるい花束

岡本真帆

百年も前からずっとそうだったみたいに花と花瓶の十日

目次

あかるい花束

わたしもう、夏の合図を待っている　冬至の長い夜からずっと

好きな季節　いつかはそこに辿り着くように自然に決めた引っ越し

飲みかけのペットボトルがぽこぽこと鳴ってる鞄ひとり鼓笛隊

競争はしたくないのに気がつけば競い合ってることにされてた

人生の全てが期限付きなのにとたんに光り出す初夏の街

Saturday と書かれた紺の靴下を木曜の朝履いて出ていく

ともだちがたくさんいると思われることが多いな　きょうも曇天

東京を離れて暮らす離れたら見ることのない車内広告

通勤は「旅費・交通費」に括られて今日も列車が渡る多摩川

多摩川に向かって立ち尽くす人が待ってるここからは見えない犬

傘を差す人と差さない人がいる信号待ちで傘を差さない

少しだけきついキャップをかぶるとき寄り添うような頭痛のかたち

フリージアラナンキュラスを左手に、マクドナルドと鍵を右手に
満月ポイント3倍！って通知がきて　勝手に意味付けされている月

熱すぎるお湯から上がりぐったりと体を冷ます時間が好きだ

好きなのに失くしてしまうピアスたち　捨てられないでいるこの指輪

内側をまるごと差し出せる人に二度と会えないような気がする

この川を渡ったらもう戻れない　たくしあげずに裾を濡らして

だいじょうぶな嘘をときどき混ぜながらわたしの安全地帯を守る

日持ちする花たちよりもまっすぐにきみが指差すダリア鮮やか

旅と犬おなじ秤にかけているほんとうに大切にしたいから

春になる雪だるまみたい始発後の電車の中で眠る男性

自転車でコンビニへゆく粗大ゴミシールを自転車に貼るために

一度だけ行ったラーメン屋の前でぜんぶ思い出す　ぜんぶ忘れない

紫陽花の葉が透けているこの街を去れば今年も開く紫陽花

半袖が着れてうれしいそれだけでどんな犬より遠くまでゆく

花束は鳴ることのないクラッカー夜の電車は静かに揺れて

ローファーの乾いた音を確かめるように下っていく初夏の坂

窓のない場所だと思っていた店のはじめて座る席の青空

さようならもうきみが一人で来ることもない部屋　二人がそろわない部屋

退去日に本当の名で呼びかけてみれば〈あなた〉は応えてくれる

忘れない　急行電車の止まらない駅は明るいままに流れて

ただしくよりたのしく

タンバリンって名前をつけたそのとたん、たん、しゃん、たん、と子犬が跳ねる

雨の日のポストは想像より雨にしたたっていて光っていない

のぞみって呼ばれる箱で眠るからゆめまで細く柔くたなびく

開かない花だとしてもまっすぐな茎で私の元にきたこと

スパイスは火花に似てるわたしからわたしへ送る強い喝采

まぼろしとまぶしい過去って似てるから間違えそうになるけど　桜

薄明るい日々に祈りの梅仕事　光れよミラーボールのように

ただしくよりたのしく歩く　光ってる水が見たくて　すこし小走り

東京タワー

どんなひと、どんな犬より速くゆく　水上バスは光の類語

道草を食う喜びが絶え間なく光って溢れている隅田川

この船は水平線に溶けこんで見えるのだろう地平線から

コンビニのビールきんぎん九百円　短歌になれば経費で落ちる

海鳥のように飛べない僕たちが地上でうれしくぶつけるビール

ゆるやかにカーブを進むゆりかもめ街はマンゴー色に染まって

幸福な沈黙そして幸福な頷きあいの真ん中にパフェ

カリフォルニア・ビングチェリーの耀きをこころに初夏の帰路は明るい

手放せばそのぶん手のひらはひらく　いってきますと言って手を振る

星よりも街が眩しい東京で優しく光るタワー、織月

風と暮らす

東京が先に梅雨入りしたことをきみとの夜の通話で知った

もうそこは自宅じゃないとGoogleのけなげな地図に教える座標

晴れの日は風と暮らして雨の日は涼しいなって気持ちと暮らす

紫陽花が映る水路は美しく手放したから抱きしめられる

歌ひとつひとつがわたしになっていく　わたしが歌になってくように
ふわふわになってよろける愚かさも見せてもいいと夜風のなかで

愛されるために鮫からさめになりやわらかく抱き寄せる霧雨

お天気のなかの驟雨が祝福のように明るくガラスを洗う

へたくそなハンドサインを読み解くよ　来世で、きみは、枇杷に、なりたい？

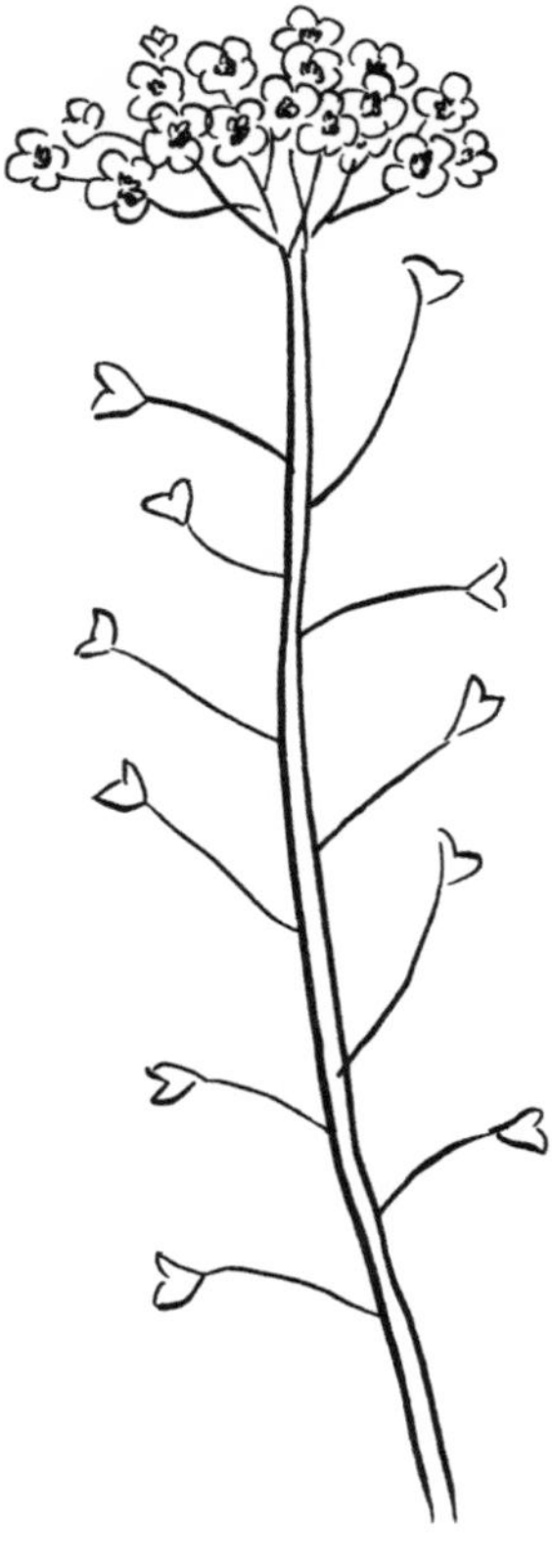

ワルツ、　はつなつ

はつなつは日々が祝祭真っ白なスピンは本の中でも光る

ひとりにはやや多すぎる部屋数のひとつひとつに朝を教える

花屋には通わなくなる花園のような庭から花手渡され

恋人のいないわたしを生きていくその軽やかさ、心許なさ

夏が好き　すべてのものが永遠のような顔してそうじゃないから

ほんもののポメラニアンは想像のポメラニアンより筋肉がある

きんいろとぎんいろがありじゃんけんで勝った人から選ぶ銘柄

結婚をしている　車を持っている　当てはまらない私が帆を張る

みずからは光らない月　紫陽花を花瓶にさせばすこし明るい

真夜中の地震、静かなタイムライン　東京からは探せない星

驟雨だと思うでしょうね感情を宥めるように口を閉じれば

わたしにも許せないもの・ことがある　そうだとしても終わる夕立

おたがいの花を踏みつけないように束ねた花を渡しあったね

どの道を選んでいても不安という悪魔にあうの？なんだ、よかった

幽霊にあだ名をあげて。お別れの曲は半ばでワルツに変わる

紫の夜を遮るものがない漕げばずうっと付いてくる月

どの窓もたしかに閉めたはずなのに虫は光に吸い寄せられて

好きだった、愛だったまま改札をあなたの岸は今もまぶしい

ありがとう私の居場所でいてくれて　私に居場所でいさせてくれて

もう行くね　歌が聞こえる　きっときみも知らない鳥の名を知るように

光のそばで

天国が涼しい場所かあたたかい場所かをきみとふたり話した

鏡には出口がなくて湖で交わしたことも忘れてしまう

バスタブで鹿を飼ってる夢を見てかみさまだって気がついていた

泣きやんだあとの心を馴染ませるアコーディオンのような呼吸で

心臓は真ん中にない　心臓はきみのにおいのことを知らない

次に会うときは互いにわからないかもしれないね　手話の羽ばたき

呼ばれているような気がして振り返る　薄暗闇の夏の回廊

空っぽの花器

老夫婦にゆっくりなれたかもしれないひとの優しい手を放す冬

風であることを選んで考えたこともなかった羽根の寂しさ

ポケットを叩けば割れるビスケット不可逆性のあることばかり

だいじょうぶ　言い続けたら少しずつ分からなくなる柔い輪郭

そうかこんなに、こんなにひとりで生きるのは　ビルに追い詰められている月

あったか〜い　つめた〜い(しあわせになりたい)開けたらぬるいコーンポタージュ

土砂降りの雨で眼鏡は洗われてひどい顔ってたった一枚

さむいところにひとりでいるとくるしくてハローわたしの五感のすべて

もしこれが映画だったら二時間のどの辺なのか考えている

心ってからだのどこにあると思う？　二人は違う答えだったね

白線の上を歩いていくように日陰／日向の境目をゆく

ほぼ家族そんな日常だったから花束あげてみたかったなあ

乱丁のある文庫本抱きしめる　愛すよたったひとつの傷を

空港で見送る側になったこと一度もないな　窓際の席

紙の辞書引いては飛んでまた引いて飛び続けたら町に初雪

あなたと過ごした日々は小さな旅だった　空っぽの花器の美しいこと

代々木公園

木漏れ日のコンクリートを無意識に探す川面によく似てるから

じゃかじゃんと楽器を鳴らすような手で撫でたら舐めて答える楽器

二人用シート四人で分け合えばなんだか幼なじみのムードだ

daylight 心に集うわすれもの湯気はおばけのように立体

指先で感じた熱が舌先じゃ思ったよりも弱かったこと

夕方の胸に迷子のアナウンス　誰もが帰れない家を持つ

バック・グラウンド・ムービー

パトカーの音が外から来てるのか画面内かを理解するまで
乗る前は分からなかった右側が日差しの強い席だったこと

半券は風と時間に洗われて科白が入る前の吹き出し

いまなのにどうして過去になることがわかるのだろう？　光

草原

動物園　とびきりの優しい顔を真正面から見たことがない

土地勘が追いついてきてバスよりも歩いた方がいいと分かる日

気持ちだけうれしく貰う銀紙の中の愛されない小宇宙

約束を交わした時は二人とも強く信じていたということ

東京で一番好きな乗り物は羽田空港行きモノレール

砂の城すぐに崩れてほしいのに攫いに来ないからここにある

どちらかが死んだとしてもそのことをきっと知らせることができない

肩書きや名前にばかりとらわれて　嵐の中で紙はよく飛ぶ

ゴーカート乗れた近所の公園の誰も知らないトマソンのドア

夕立で群れは個体に分けられて　ロンサム・ジョージ、きみも、わたしも

親友と呼べば陳腐な響きだしあなたは一体なんなんだろう

外を見るだけで話をしなかった時間のことを撫でている夜

下北沢　どのポケットか分からなくなった私を待っててくれた

永遠に残りはしない今だけの雪でも跳ねてしまう駐車場

救われているのは臆病な私　映画のなかでひとは抱き合う

窓という窓は光って彗星のような飛行機雲を見ていた

走れハスラー

最強のバディがほしい　ホログラムシールのたったひとつをあげる

喜びに明るい絵文字あつまってミラーボールのまるみかわいい

夏の犬　規則正しい生活を送った先でやっと出会える

どちらかといえば丸太に近い木を咥えて犬の気高い背筋

飼い主を決して疑うことのない犬の光のまっすぐなこと

アイスクリンのお茶目さが好きうれしさが隠しきれないしっぽのようで

はつなつのブルーのハスラー走ってる　走れ富士山みたいなハスラー

山のうれしさ

喫茶店に朝陽は差して三人のおじいちゃんたち焚き火のように

解けながらなにか小さくしゃべってるグラスの中の四角い氷

ヤクルトをみんなで飲めば水泳のあとの授業のようなまどろみ

山を見れば山のうれしさ山に目はなくても山にかんじる意識

リニューアルされる公園三色のすべり台小さくまとまって

ボールドの防犯カメラ録画中！　きょうもげんきに録画している

デパ地下の（いや、デパートも）ない町でセロリカニカマ刻んでサラダ

すべてほろびたかとおもう　なにもなく平和であたたかな土手にいる

すれ違うときの緊張　挨拶をされたらすぐに返せるけれど

スケボーのトリック練習しつづけている男性をそっと追い抜く

ほんとうは線ではなくて球体で大きなもので　風の親分

水たちはいつも名前をもらうのに名を持たぬままそこにいる山

着膨れの征夷大将軍ゆくよ　俺の家には生牡蠣がある

川縁に女子中学生ふたりいるポケットに手を突っ込んだまま

さよならと大きな声でまっすぐな小学生がいちばんすごい

忘却もすべて見ている山だから何も言わずにやさしいんだね

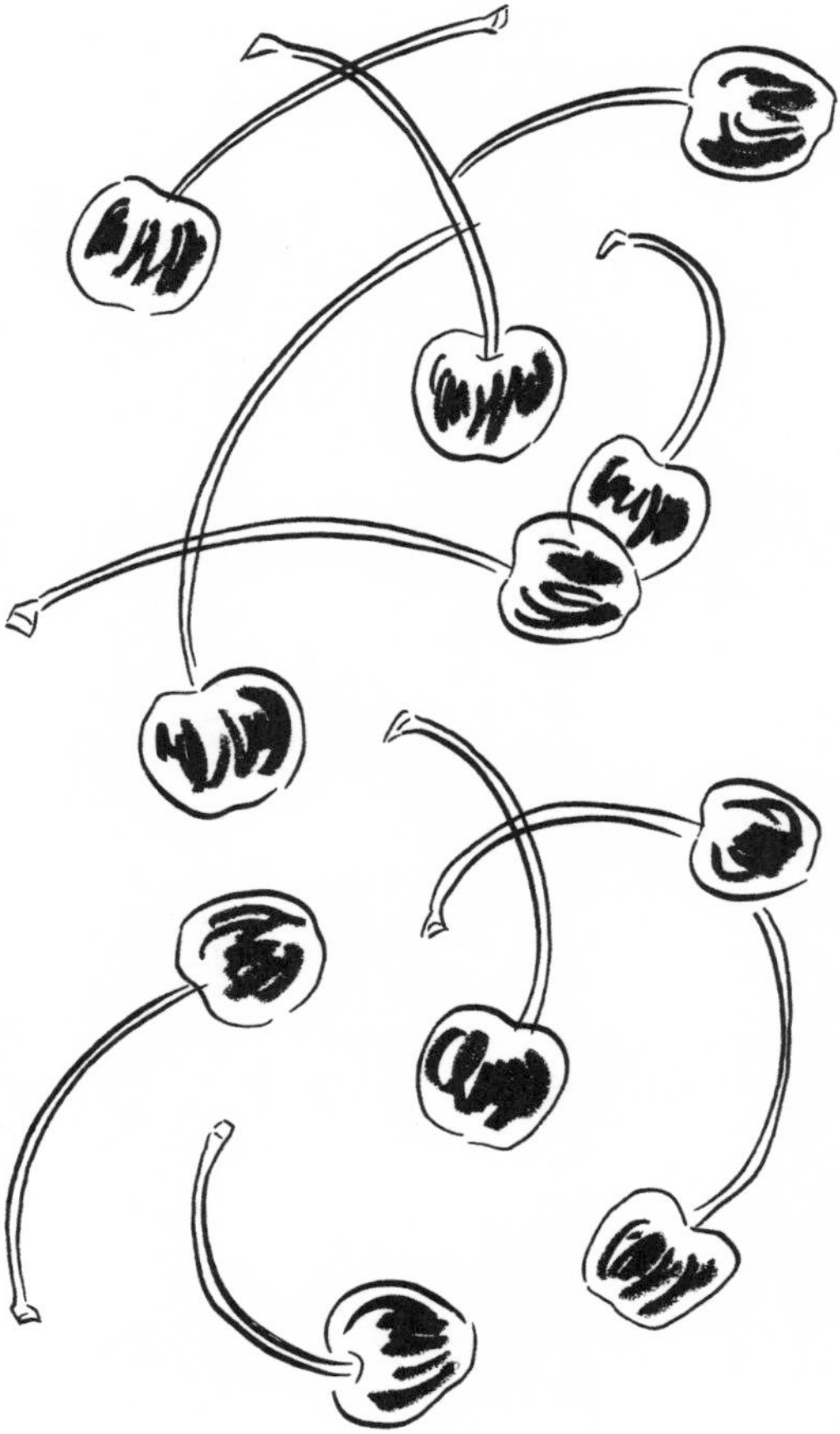

n度目の春

内見をほとんどせずに決めるのは何度目でしょうn度目の春

会えなくて返せないけど捨てられないまま色褪せてGOD's CHILD

幼鳥の骨の脆さよ昼前の利き手にカッペリーニは折れて

とうめいなザバスの筒で飲む水のこういうことがたぶん生活

数枚の写真と間取り手がかりにスライドパズル、夜中に、家具の
名乗ること胸を張ることほんものに追いつくように橋を渡って

はじめての一人暮らしを思い出す小さな部屋にひとつ玉座を

そうか風だったんだほしかったのは　ひかり花瓶をはみだしていく

ちぐはぐな布

三鷹に部屋を借りた。

ヤマト運輸佐川急便郵便局　ひっきりなしの入居パーティ

ちんちくりんライフ開幕！　ルーターが高知の家にお届けされた

金額で二枚組だと思ってたちぐはぐな布風にはしゃいで

お値段以上と書かれた箱をちゃぶ台に夏待つように配達を待つ

筋肉をくださいい電動ドライバー片手に組み立ててくたびれて
今いちばんいいたいことを真剣に考えてたら寝ちゃってました

バスタブに五分でお湯は満ち足りて小さいことは素敵なことだ

一人と独りの違いについて考えるひとりで窓の外みてるとき

窓際に置いた花瓶のそのままの姿かたちをしばらく愛でた

白菜を剝ぐ音に似て解体をすれば小さくなる段ボール

たましいはやがて一枚の布になる　シャツにシーツに風受ける帆に

あの人はきっと退去日上階のどこかで鳴っているリコーダー

aがtheへとmyへと変わりゆくように紙袋持つ帰路は夕暮れ

夜にガーベラ

改札の中にいるのか外なのかわからなくなる　夢?　渋谷駅

地下にいた頃はゴースト　日の下で百年経ってPayPayが鳴る

ぬばたまの紙ストローは唐突に折れてしまった　夜にガーベラ

恋は泡たまに瞬きあう星のいつか周波数があったなら

あのみずうみで泳ぐことはない　その事実がわたしに書かせている千年記

祝うのか祝われたのか花束を抱えた人とすれ違う駅

言の葉は嵐のように渦巻いてその外側の夜の静けさ

爛と凛

「新月」と名付けた人を称えたい光らなくてもそこにあるもの

うつむきも見上げもしない眼差しが美しいこと花にたとえて

切手を
お貼り
ください

郵便はがき

142-0064

東京都品川区旗の台
4-6-27
株式会社 ナナロク社

『あかるい花束』
読者カード係 行

フリガナ
ご氏名または、 ペンネームなど
お住まいはだいたいどのあたりでしょうか。町の名前はお好きですか。
本を手にとってくださったあなたはどのような方ですか。 例・映画好きの会社員で2匹の犬の飼い主です。
お買い上げの書店名　　所在地

★ご愛読ありがとうございます★

以下の項目についてお答えいただければ幸いです。
小社と岡本真帆さんとで大切に読み、励みといたします。

■ 今の気分で好きな短歌を選ぶならどの歌でしょうか。

■ 本書へのご意見・ご感想をお聞かせください。

ご感想はお名前を伏せて本のPRで使わせていただくことがございます。

強がって得る強さよりしなやかでいたいなトランポリンのらんとりん

雨季明けの世界の果ての暗がりで会うパフェグラス　そこに永遠

百年の風と記憶の容れ物として思い出すひとことがある

好きな色好きに纏ってしわくちゃに笑えば好きな色が似合う色

色褪せたパンダと犬に跨がって揺れるまがおの休符になって

はあいってへーベルハウスのおへんじの高さでひびくあくびともだち

ラブソング以外の愛もあるんだよ　鳩になってもきみが分かるよ

日常にエンドマークはないけれどかわりに円くひかるあんぱん

泳ぐとき、歌うときする短くてたしかな息継ぎに祝福を

天皇賞（秋）

お気に入りのパンたっぷりと買い込んで今日ともだちと馬を見に行く

JR府中本町下り立てば誰もが馬に夢を見る人

伝説として語られる馬と騎手静かに讃えているコンコース

人混みのゲートをくぐれば眼前はひらけて秋の日の競馬場

二時間後決まるすべてもそれまでは誰も知らずにいる　人だから

スタンドにとってはわたしシルバニアくらいのサイズ　ビール購う

ちょうどいい芝生の上にシート敷く　その枠内の競馬新聞

すみやかに乾杯をする透明のカップはそれを光に変えた

ともだちの小さなナイフ・ミーツ・パン　切った口から焼きたてのころ

欠場になる武豊　車座でいや、だとしても、夢が見たいよ

馬券買う、それは祈りで願うこと　戸崎圭太が乗るドウデュース

ファンファーレ前の静寂　秋晴れの東京競馬場に時は来る

うごめきを見極めようと目を凝らす誰もが信じたいものを見る

歓声と怒号の中を熱源は駆け抜けここは巨大な光

意味のある紙と無意味になった紙　それでも意味は　意味はあったよ

スタンドに手を振ることはまぼろしのような涼しさ　どこで飲もっか

スターバックス京都三条大橋店

地下なのに大きな窓がついていてそこから見える川とひとびと

一月の透き通るもの夏の雲みたいなものが橋の向こうに

鴨川は親しみの川渡るとき必ずめくばせをするような

描かれるとき水たちは線になる　雨輝いて三条大橋

故郷から離れた街で見る山が地元のようにたのもしくいる

光源

会いたいの気持ちで灯るJR　夜のコメダでともだちと会う

夜のことまるで知らないあかるさのサマージュースで原稿を書く

蜃気楼みたい、こころは　いつだってほんとうよりも鋭利な言葉

校閲の存在しない銭湯の言葉にずっと驚いてたい

焚き火だと思えたものは雪原のスライドショーで　囲んで座る

乗り物は動く光源　光源を動かすことのできる人たち

眠らない人で溢れるにぎやかな道を繋いで帰路の生成

すれ違う前から犬と分かるのは首輪が青く光ってるから

紫陽花は花を落とさず枯れること教わった日の記憶は褪せて

宇宙、夜、街の暗闇　外側へ溶け込むようにきょうの消灯

にぶい金星

真夜中の類語辞典に■■とありそこから覚めるまでの生活

投函のための五分の外出に呼ばれるように入る不在票

風の音とあなたは言った鳴っているのはむしろ建物だとしても

「上り坂と下り坂の数、あいません」そこになかった無線から声

ジャスミンの花束ずっと枯れなくてそうねあのとき行かなかったら

存在のしないアパート名を言うことで存在するアパート名

汽車に乗ることがほんとに本当か分からないまま海の白さは

あの春に割れない鏡を買いました　だから始まってしまったのね

黒鍵の距離を保っていく冬の終わりに上映をやめましょう

「したり、」って言ったっきりで二回目は失われたまま　ミロのヴィーナス

かげよかたちよ

文明の滅びたあとの強すぎる西陽がさして空《から》の旅客機

麦酒などなくても心地よくなれる京成線の車窓がほしい

見ていない間に影が嗅いでいるのはヤマボウシ五月の白の

この初夏の先祖返りが始まって高野文子の描く夜の線

謎の塔　焼却場と知ってから会えなくなった級友のこと

白だけのＰＤＦの読めてしまうことに気づいてzipに戻す

凍蝶《いてちょう》のようだね二人押しボタンだとわからないままたたずんで

冬眠をするならジュンク堂がいい　図鑑の花に恨まれながら

小箱

いつか観た映画を深夜流すときあの日のきみが座る　隣に

端役のティモシー・シャラメ　十年の時間が経って気がつく瞳

小さい恋告げないままで過ぎてみれば胸の小箱に増えるオパール

スノードームのなかの小さな遊園地　声帯はもう君を忘れて

たくさんのものに触れては温めてきた美しい指　つめたいね

あげたのにもらったみたいな手袋にはしゃいだ指は鳩へきつねへ

夢で会って目が覚めてももう寂しくない　朝がわたしの底まで届く

あなたとの日々をなんども再上映してる小さな部屋にまた春

待たせてたことばかり君は思い出すかもしれないけど　優しかったよ

本当に正しかったかわからない決断たちよ　おいで、雪解け

あの春に返しそびれた

突風で切れてしまった糸電話それからずっと静けさの惑星《ほし》

鍵穴とパズルのピース　それぞれじゃ満たせなくても寄り添っていた

少しでも落ち着きたくて抱き寄せる膝を二つの浮標と思う

シーグラス　波にすべては洗われていつか許せる日が来るのかな

想像の中ではきみと乗ったからそんな気持ちで見る観覧車

もうずっと部屋着になってたライブTシャツが初めて知る朝の街

物語から顔を上げ歩くとき人差し指は栞のかわり

坂の上で写真を撮ってる人がいて歩く速度をこっそり落とす

逆再生したらあいしてるぜになる言葉がやけにうまくなるまで

茶化すでも笑うでもなくオクターブ下で一緒に歌ってくれた

追伸のような粉雪　あの春に返しそびれたゲームカセット

しゅくふく

魔法かもしれないきみに手を振ったあとのひとりがなんか明るい

他愛ない会話に愛があることを知っているからまた会いに行く

レイトショー　胸には生まれたての火があるね映画は帰路まで続く

いつか泡みたいに消えちゃうとしても　あなたと颪の中で乾杯

しゅくふくとはじける泡が光ってる　祝福　きみにはじめましてを

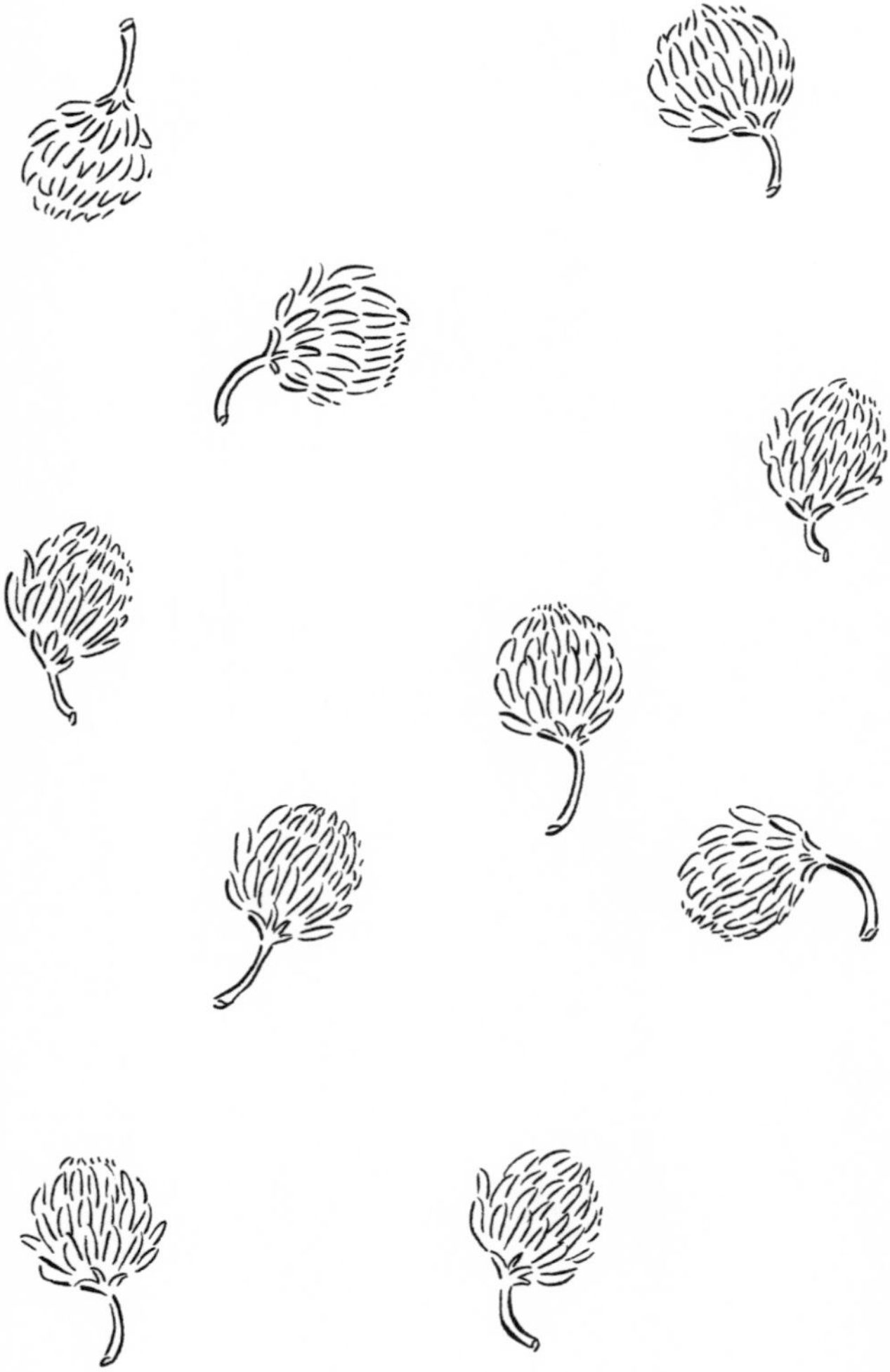

あとがき

第一歌集を刊行したあと、二拠点生活をはじめた。便利で、友達がいて、にぎやかでせわしない東京での暮らしと、のどかで、孤独で、穏やかに過ごせる地元、高知での暮らし。こんな風にわかりやすく表現しようとするとき、本当の姿はわずかに歪んでしまう。だからこれだけではないのだけれど、二つの生活の行き来は私にとって何が大切なのか、私が何を心地よく思うのか、気がついて体になじんでいく時間になった。

移動の間はそれぞれの拠点にいる家族や友人と別れて一人になる。どちらにも属して、どちらにも属さない私は、それぞれの暮らしや人々に想いを馳せながら、窓の外の景色をじっと見る。そのときに考えたことや思い出したことは、少しずつ短歌になっていった。

第二歌集『あかるい花束』には二〇二二年二月から二〇二四年二月までの二年間の短歌のうち、二六六首を収めた。

岡本真帆

歌集収録にあたって一部作品を加筆修正しました。

岡本真帆
おかもと・まほ

一九八九年生まれ。
高知県、四万十川のほとりで育つ。
未来短歌会「陸から海へ」出身。
二〇二二年、第一歌集『水上バス浅草行き』(小社)を刊行。

あかるい花束

岡本真帆

初版第一刷発行　二〇二四年三月二十一日
第二刷発行　二〇二四年五月九日

装丁・挿画　鈴木千佳子
組版　小林正人（OICHOC）
発行人　村井光男
発行所　株式会社ナナロク社
〒一四二-〇〇六四　東京都品川区旗の台四-六-二七
電話　〇三-五七四九-四九七六
ＦＡＸ　〇三-五七四九-四九七七
印刷所　中央精版印刷株式会社

ISBN 978-4-86732-027-3　C0092

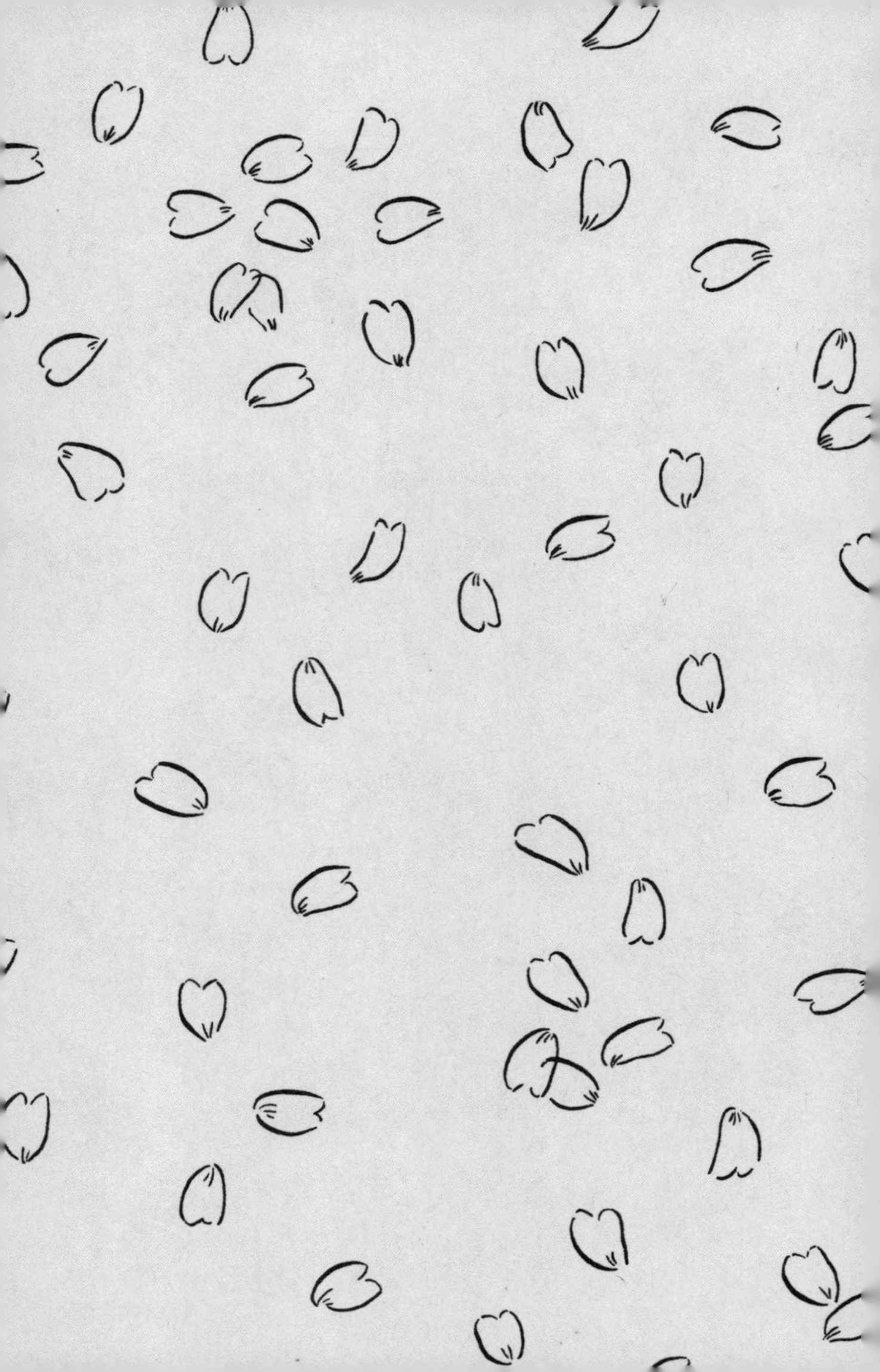